0~1岁

U0116177

智慧红星100颗

主编 淼 海

编写 陈爱华

绘画 徐开云

上海科技教育出版社

智慧红星100颗

0~1岁

主编 淼　海

编写 小　洲

绘画 李　波

上海世纪出版股份有限公司
上海科技教育出版社 出版发行
（上海冠生园路393号 邮政编码200235）
各地新华书店经销　上海图宇印刷有限公司印刷
开本：889×1194　1/24　印张：4
2006年8月第1版　2006年8月第1次印刷
印数：1－6500
ISBN 7-5428-4028-2/G·2327
定价：12.00元

宝宝的小天地

✏ 做对了别忘填色，得五星哦！

瞧，宝宝真快乐！我也想躺一躺！

小提示： 0～1岁的宝宝也许无法回答你的问题，你能让孩子笑一笑，就算达到目的了。另外，床上悬空挂些玩具，可以让孩子有立体感，颜色以红、黄、蓝三原色为宜，光泽度柔和。

宝宝要睡啦

妈妈的摇篮曲好听吗？

做对了别忘填色，得五星哦！

摇啊摇，宝宝要睡啦！

2　**小提示**：妈妈可以温柔地哼唱一首摇篮曲，伴随宝宝进入甜蜜的梦乡。

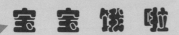 宝宝饿啦

 宝宝哭了！宝宝饿了吗？

做对了别忘填色，得五星哦！

宝宝乖，宝宝不哭！

小提示：宝宝哭了，可能是饿了。喝到母乳时，宝宝就会非常满足。

3

宝宝喝奶啦

宝宝在干什么？

✏️ 做对了别忘填色，得五星哦！

乖宝宝，喝奶啦！

我也好想吃哦！

小提示：喂奶时是妈妈和宝宝进行交流的好机会。"宝宝不哭了"、"宝宝吃奶啦"，妈妈说这些话时，可以让宝宝看着自己的口型，这样可以激活宝宝的脑神经细胞。

宝宝尿尿啦

做对了别忘填色，得五星哦！

啊，宝宝哭了，宝宝尿尿了吗？

宝宝乖，宝宝不哭！

小提示：宝宝哭了，看看是否尿片湿了？尿片湿后宝宝会感到不舒服的。

5

宝宝换尿布啦

✏ 做对了别忘填色，得五星哦！

宝宝，现在舒服了吗？快笑一笑！

香香尿片，
香香宝宝。

乖宝宝，
换尿片啦！

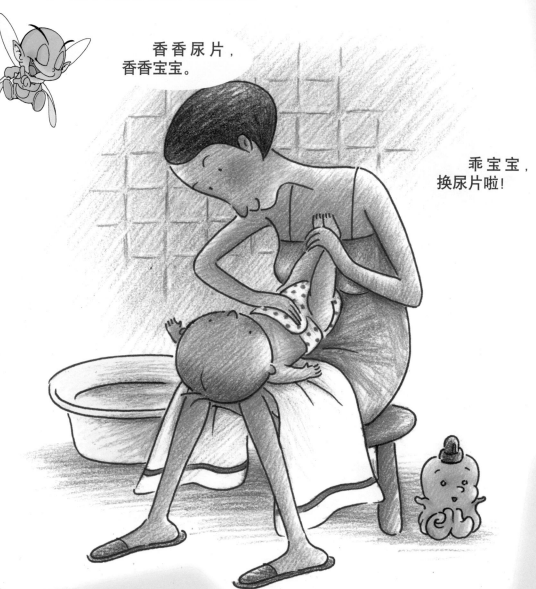

小提示： 最初一个月，妈妈要及时满足宝宝的各种需求：饿了及时喂，拉了及时换尿片，烦了马上抱，哭了立刻哄。这个时期宝宝的任何要求应该都是合理的。

6

宝宝的妈妈

做对了别忘填色，得五星哦！

 咦！宝宝，这是谁啊？

这是宝宝的妈妈。

小提示：4～6个月大的宝宝能区分妈妈和生人。所以，可以提供熟悉的家人照片，让宝宝来辨认。

7

妈妈抱

宝宝，你感到妈妈的温暖吗？来，眨一眨大眼睛。

妈妈的手臂像摇篮，抱着宝宝轻轻摇。

小提示：宝宝感觉到妈妈的温暖，就会安心。肌肤的接触能给宝宝带来稳定情绪的力量。

咦！宝宝，谁和你一起玩？

做对了别忘填色，得五星哦！

这是宝宝的爸爸。

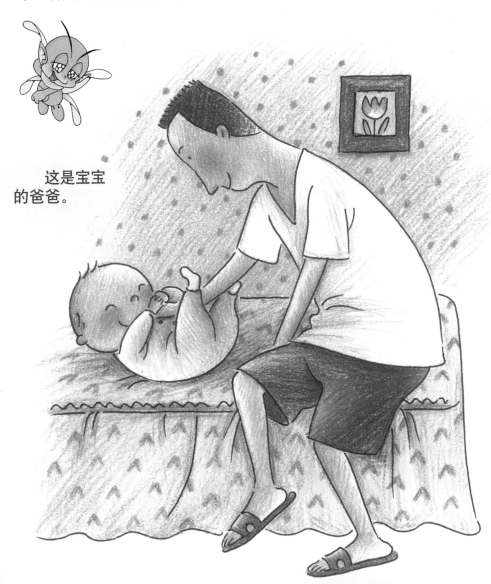

小提示：宝宝的爸爸，再忙也要花一定的时间来陪孩子玩！让宝宝从小就感受到来自爸爸的温暖。

爸爸抱

 宝宝，你看到了什么？

做对了别忘填色，得五星哦！

爸爸的手臂真有力，举起宝宝转呀转。

10 **小提示**：被高高举起的宝宝有机会更换视角，能看到完全不同的世界。同时，高高低低的身体变化又可使宝宝感到新奇有趣。

宝宝的小手

✏️ 做对了别忘填色，得五星哦！

 咦！宝宝，这是什么呀？

我也有手呀！

小提示：2～4 个月大的宝宝开始留意自己的小手，这是宝宝形成自我意识的第一步。宝宝的小手是他的第一"玩具"。

11

甜甜的小手

宝宝，你的小手在哪里？

🖍 做对了别忘填色，得五星哦！

宝宝的小手甜甜的！

小提示：宝宝把手指放进嘴里时，能意识到手指的柔软与温暖，会觉得它是自己身体的一部分，还发现自己能控制它，于是就会高兴地添手指。

宝宝玩圆环

宝宝，你会玩吗？

做对了别忘填色，得五星哦！

瞧，宝宝会玩啦！

小提示：宝宝在4到5个半月间，妈妈要给宝宝提供大量机会，让宝宝用小手去拿、抓、拨弄或是摇动安全的物品，因为手是人的第二个大脑，是智慧的来源。只有多动手，大脑才能变得聪明。

13

宝宝的小脚

宝宝，你的小脚在哪里？

✏️ 做对了别忘填色，得五星哦！

小脚真有趣！

小提示：6～7个月的宝宝常常会把自己的小脚放到嘴里，这是他们一种确认动作，就像他们喜欢把玩具放在嘴里进行确认一样。

宝宝玩铃铛

做对了别忘填色，得五星哦！

 宝宝的小脚会碰到小铃铛吗？

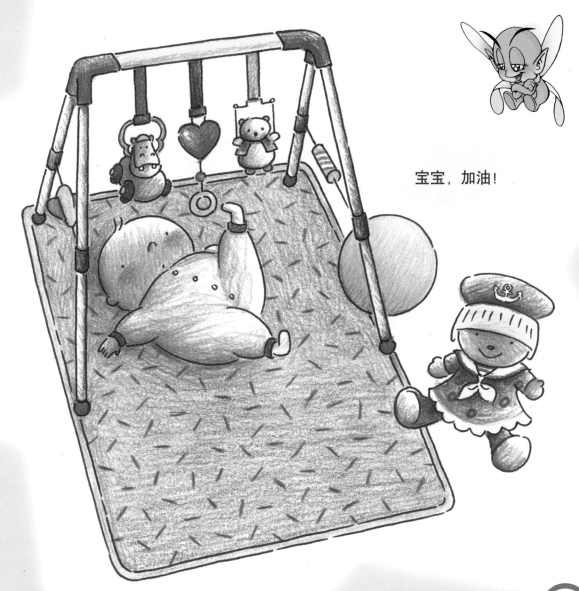

宝宝，加油！

小提示：悬挂一些玩具，让宝宝双脚自由踢打玩耍，可提高孩子的双脚运动能力。同时，可以帮助宝宝明白动作与事物变化之间的关系。

宝宝洗澡啦

宝宝在干什么呀？

洗澡，可真舒服！

宝宝洗澡喽！

小提示：如果宝宝精神好，有食欲，妈妈可以每天为宝宝洗澡。洗澡的时候，特别要把脸、腋下、腹股沟、颈部等易脏的部位擦洗干净。（在喂奶前30分钟洗为宜，室温22℃，水温38～40℃，冬天要准备取暖器。）

16

宝宝，洗一洗你的头，舒服不舒服？

✏️ 做对了别忘填色，得五星哦！

洗头，可真舒服！

小提示：妈妈在为宝宝洗头时，要用左手拇指和中指从耳后向前压住耳廓，盖住耳孔，防止水流入耳内。

17

洗 小 脚 啦

宝宝，洗一洗你的脚，开心不开心？

洗脚好开心！

小提示：妈妈跟宝宝闲聊时，不要用儿语，第一次给宝宝的信息必须是完全正确的。例如"洗脚脚"，"脚脚"是一个错误的信息，妈妈最好不要使用。

洗 屁 股 啦

做对了别忘填色，得五星哦！

宝宝，洗一洗你的小屁股，开心不开心？

哇，好开心！

小提示: 你跟宝宝在洗澡时闲聊，宝宝起初不了解你在说什么，但不久他就会渐渐明白"洗洗你的小屁股"是什么意思。"浴中闲聊"是培养宝宝听觉智能的有效方法。

19

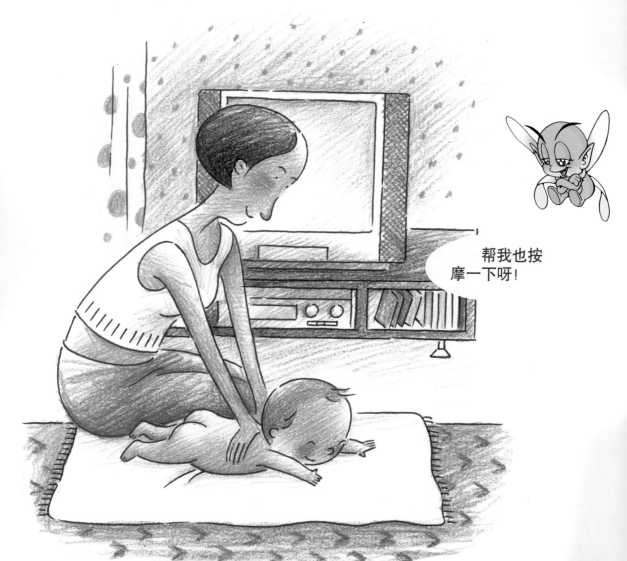

帮我也按摩一下呀！

小提示：浴后，让宝宝趴在铺于软垫的毛巾上，妈妈两手并排轻放在宝宝的后颈部，慢慢地左右移动，往下一直按摩到臀部，然后用同样方法从下往上按摩到后颈部。此法能提高宝宝的触觉智能。

宝宝学翻身

宝宝，响铃在哪里？

✏️ 做对了别忘填色，得五星哦!

宝宝，加油!

小提示：宝宝4个月大时，妈妈用带响声的玩具逗引宝宝，宝宝能从仰卧位翻到侧卧位，有的能翻到俯卧位。

21

妈妈的眼睛

做对了别忘填色，得五星哦！

 宝宝，妈妈的眼睛在哪里？

眼睛在这里！

宝宝摸到妈妈的眼睛了。

22　　**小提示**："摸眼摸鼻"游戏是妈妈牵着宝宝的小手来抚摸妈妈或宝宝自己的脸部器官。

宝宝的眼睛

宝宝，你的眼睛在哪里？

做对了别忘填色，得五星哦！

对啦！宝宝真聪明！

这是宝宝的眼睛。

小提示：每次抚摸时让宝宝的手在器官上停留五六秒钟，然后告诉宝宝："宝宝摸到眼睛了。"

妈妈的鼻子

做对了别忘填色，得五星哦！

宝宝，妈妈的鼻子在哪里？

宝宝摸到妈妈的鼻子了。

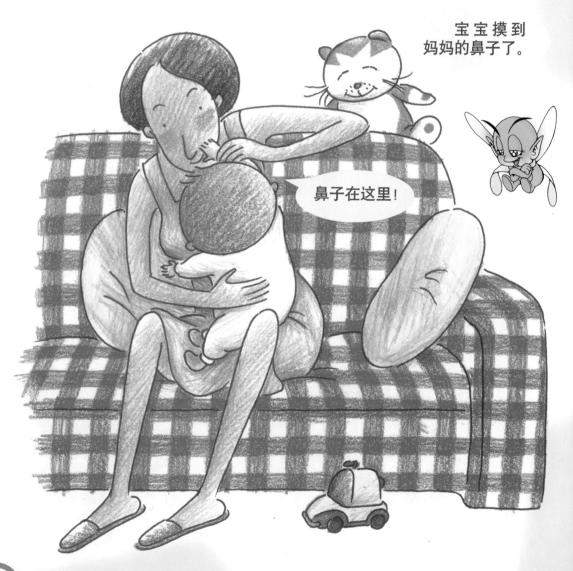

鼻子在这里！

24

25

妈妈的嘴巴

宝宝，妈妈的嘴巴在哪里？

 做对了别忘填色，得五星哦!

嘴巴在这里!

宝宝摸到妈妈的嘴巴了。

对啦！宝宝真聪明！

这是宝宝的嘴巴！

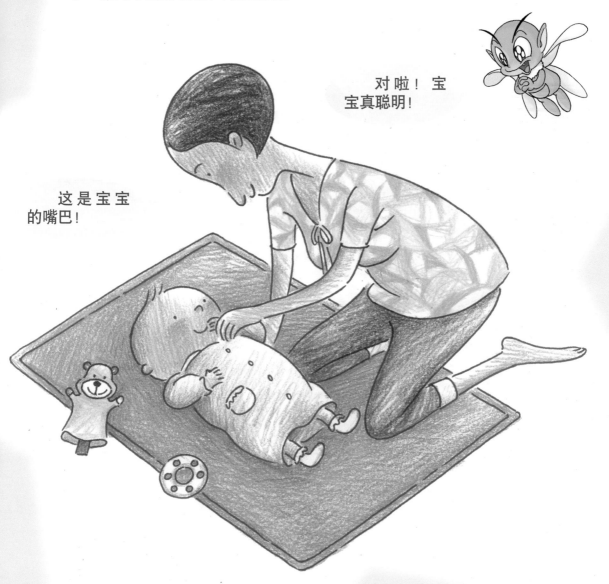

妈妈的耳朵

宝宝，妈妈的耳朵在哪里？

✏️ 做对了别忘填色，得五星哦！

耳朵在这里！

宝宝摸到妈妈的耳朵了。

小提示："摸眼摸鼻"游戏做熟练后，妈妈可以结合短语对话来做游戏。

宝宝的耳朵

宝宝，你的耳朵在哪里？

做对了别忘填色，得五星哦！

对啦！宝宝真聪明！

这是宝宝的耳朵！

小提示："摸眼摸鼻"游戏与短语对话相结合，目的是制造一些让宝宝开口发出声音的机会，多做这些游戏会促使宝宝早一天开口说话。

29

宝宝学坐啦

宝宝，你能坐起来吗？试一试！

太简单了，看我的！

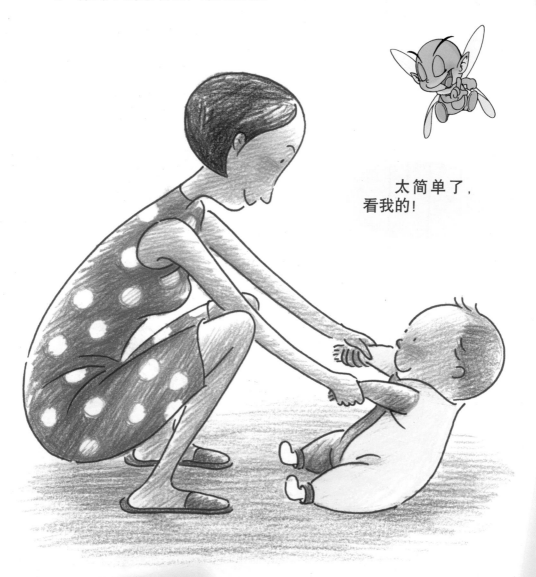

30

小提示： 4～6 个月大的宝宝，开始有学坐的本领了。宝宝仰卧时，妈妈抓住宝宝双手让其成坐状，这时宝宝会主动配合。

宝宝会跳啦

宝宝，你会在妈妈的腿上跳一跳吗？

✏️ 做对了别忘填色，得五星哦！

不怕，来试一试！

小提示：5～6个月大的宝宝扶站时双腿会跳跃。扶站跳跃时，妈妈可以坐着，双手扶着宝宝的腋下，让宝宝在自己的腿上一蹿一蹿地跳跃。

31

做对了别忘填色，得五星哦!

宝宝，你会在床垫上跳一跳吗?

不怕，来试一试!

小提示：爸爸也可以扶着宝宝在床垫上练习跳跃动作。

宝宝的衣服

宝宝，这是什么呀？

做对了别忘填色，得五星哦！

衣服，宝宝的衣服。

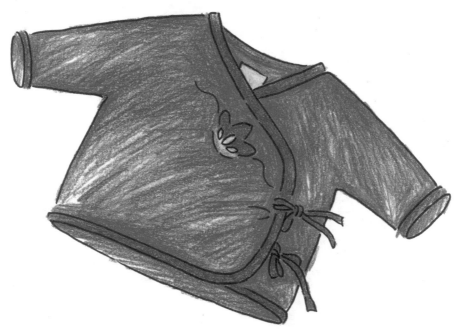

宝宝的裤子

宝宝，这是什么呀？

做对了别忘填色，得五星哦！

裤子，宝宝的裤子。

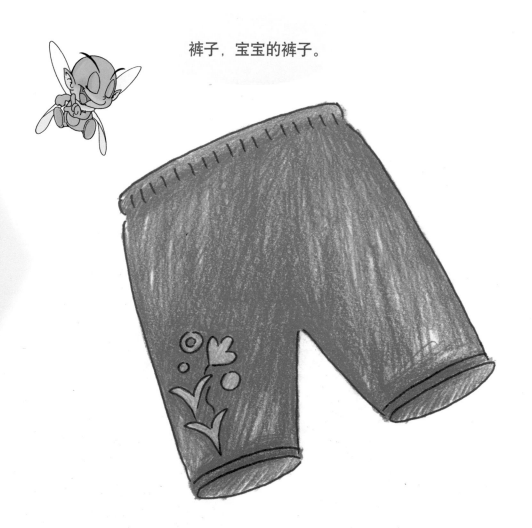

34

小提示：要多让宝宝模仿成人的发音，成人要清晰说出物体的准确名称，不要将裤子说成"裤裤"等，要为宝宝建立物体的正确概念。

宝宝的帽子

宝宝，这是什么呀？

做对了别忘填色，得五星哦！

帽子，宝宝的帽子。

小提示：妈妈对着实物要重复表达几次，让宝宝理解词语和实物间的联系。例如让宝宝看着帽子，反复说"这是宝宝的帽子"。以后一说帽子，宝宝就会马上去找，这说明宝宝有了语言信号的反应。平时多作这种训练，以开发宝宝的智能。

 宝宝的手套

 宝宝，这是什么呀？

做对了别忘填色，得五星哦！

手套，宝宝
的手套。

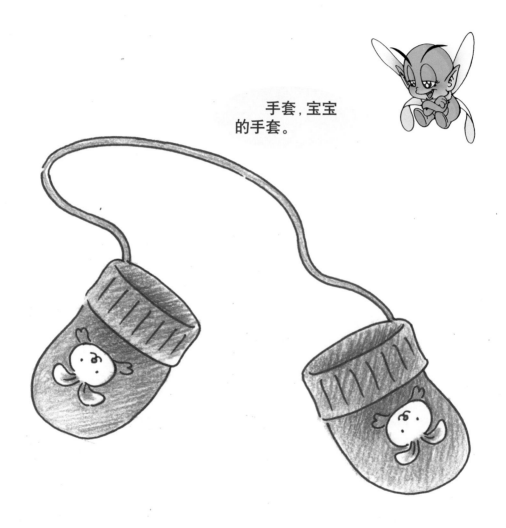

36 **小提示**：妈妈可以指着图片上的手套反复说"手套"。

宝宝自己喝

宝宝，你会自己喝吗？

做对了别忘填色，得五星哦！

宝宝会
自己喝！

小提示： 4～6个月大的宝宝会在进食方面表现出自己的独立能力，他可能想自己握住奶瓶，尝试自己做事。妈妈可以扶着奶瓶让宝宝自己喝。

宝宝会自己喝！

小提示：7~9 个月大的宝宝开始萌出牙齿，用奶瓶喂养容易发生龋齿，为了逐渐减少用奶瓶吸吮的机会，妈妈可以训练孩子用杯子喝水。

宝宝自己吃

宝宝，你会自己吃饼干吗？

做对了别忘填色，得五星哦！

宝宝会
自己吃了！

小提示：5～6个月大的宝宝牙龈开始变硬，双手抓东西开始灵活，这时，妈妈可以给宝宝吃硬一点的东西，如小饼干（一定要容易拿，易消化）；让宝宝学习将饼干放进嘴里。这是对宝宝双手的动作和自我服务能力的锻炼。

宝宝会自己吃饭啦！

小提示：在给7~9个月大的宝宝喂奶、喂水或吃饼干、水果时，完全可以让宝宝自我服务了。这不仅可以锻炼他的能力，还可培养他的独立个性和劳动习惯。

宝宝爬呀爬

宝宝，你会向前爬吗？

做对了别忘填色，得五星哦！

宝宝，加油！

小提示：7～9个月大的宝宝开始会爬了。起初，宝宝用上肢和腹部匍匐爬，爬时上下不协调，后来逐渐会用手和膝并爬。训练时，爸爸妈妈要有耐心，多鼓励宝宝。

41

爬去拿小球

做对了别忘填色，得五星哦！

宝宝，你能爬过去拿到小球吗？

宝宝爬呀爬，
试一试！

42

小提示：妈妈可以在宝宝的前面放些好玩的玩具，逗引宝宝去爬、去抓，帮助宝宝练习腹爬。妈妈可以用手推宝宝的脚底，帮他向前爬行。

手脚一起爬

宝宝，你会用小手和小脚来爬吗?

做对了别忘填色，得五星哦!

让我也来试一试!

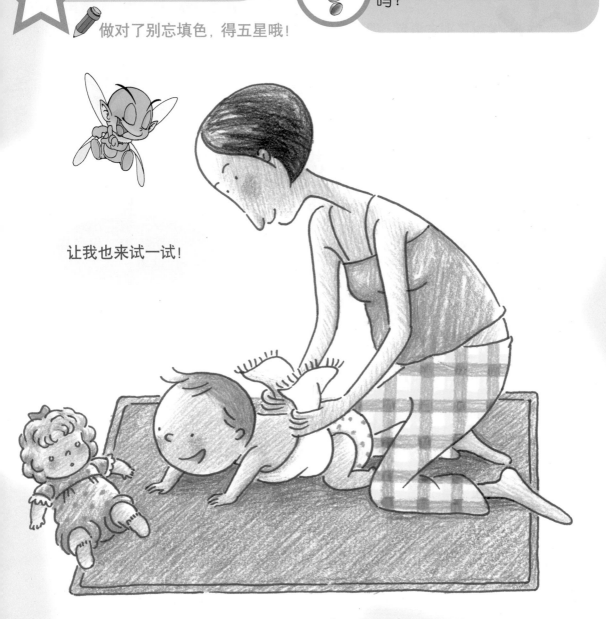

小提示：当宝宝腹部离不开床垫时，妈妈可以将一条毛巾放在宝宝的腹下，然后提起腹部让宝宝练习手膝爬行。

爬去找妈妈

宝宝，妈妈在哪里？

做对了别忘填色，得五星哦！

宝宝小耳朵听铃声，妈妈在这里。

小提示: 对于9～12月大的宝宝，应进一步提高他的爬行能力，不仅要让宝宝爬得远、爬得快，而且能灵活地改变爬的方向。

44

爬过小山洞

宝宝，你能爬过爸爸的小山洞吗？

做对了别忘填色，得五星哦！

宝宝，加油！

小提示：妈妈和爸爸还可以设置些简单的障碍，引导宝宝轻松地越过障碍向前爬行。

45

 # 爬山坡喽

 宝宝，你能爬上"小山坡"吗？

✏️ 做对了别忘填色，得五星哦！

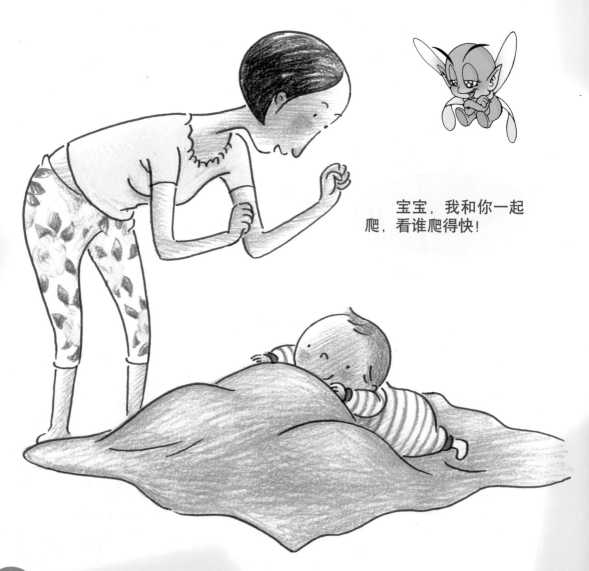

宝宝，我和你一起爬，看谁爬得快！

小提示：准备一块大塑料布和 3～4 只枕头，将塑料布罩在枕头上呈小山坡状，让宝宝愉快地在"山坡上"爬上爬下。

宝宝摇啊摇

摇啊摇，宝宝开心吗？快笑一笑！

做对了别忘填色，得五星哦！

摇啊摇，宝宝乐哈哈。

小提示：爸爸坐在椅子上，伸直两腿。让宝宝坐在爸爸的脚背上，后背靠住爸爸的双腿。爸爸抓住宝宝的双手，边唱歌，边和宝宝做"摇啊摇"的游戏。

摇 啊 摇

✏️ 做对了别忘填色，得五星哦！

摇啊摇，宝宝舒服吗？快笑一笑！

摇 啊 摇，好舒服！

48 **小提示：** 准备一块花布床单。把宝宝轻轻地放在花布床单上面。爸爸和妈妈分别用双手拉住床单的两个角，边唱歌，边轻轻地、慢慢地摇晃床单。摇晃时务必注意安全。

做对了别忘填色，得五星哦！

宝宝，让妈妈扶着站一会儿好吗？

宝宝会站喽！

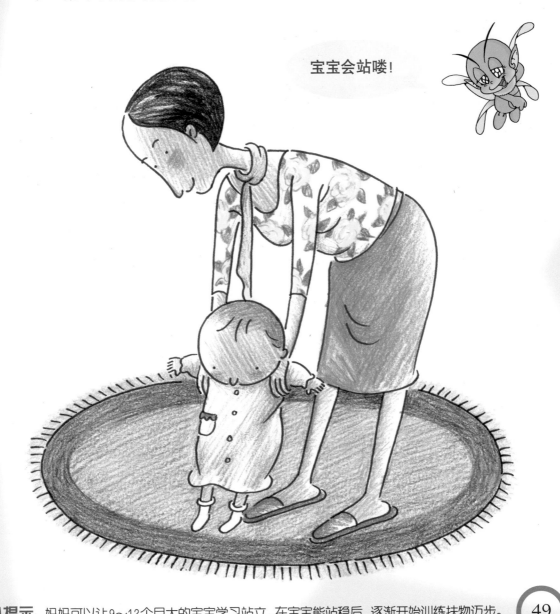

小提示: 妈妈可以让9~12个月大的宝宝学习站立。在宝宝能站稳后，逐渐开始训练扶物迈步。

做对了别忘填色，得五星哦！

宝宝，扶着沙发站一站好吗？

宝宝会站喽！

50 **小提示**：妈妈可以让宝宝扶着家具，学习站立。同时要关注宝宝的安全。

宝宝自己站

宝宝，不要妈妈扶着站行吗？

做对了别忘填色，得五星哦！

宝宝不用怕，试一试！

小提示： 让宝宝身体靠墙站立，脚后跟离墙约10厘米，妈妈用玩具逗引他，使其身体离开墙壁数秒钟，以练习宝宝的独自站立能力。

走 啊 走

宝宝，扶着栏杆会走吗？

宝宝本领真大！

 52　**小提示**：10～12个月大的宝宝能扶着栏杆站起来，也能扶着栏
　　　　　杆迈步。妈妈每天可以让宝宝练习迈步3～4次，每次数分钟。

牵着妈妈的手

宝宝，牵着妈妈的一只手会走吗？

做对了别忘填色，得五星哦！

我也要牵着妈妈的手，走啊走！

小提示： 10～12 个月大的宝宝会牵着妈妈的一只手蹲下和站起，也会牵着妈妈的一只手走路。通过反复练习，宝宝才能尽快独立行走。

宝宝自己走

宝宝，你会一个人走吗？

✏️ 做对了别忘填色，得五星哦！

宝宝会独自走路啦！

小提示：宝宝能够独自站立后，让他在距离沙发1～2步的地方站稳，用玩具逗引他迈步扑向沙发，并逐步增加迈步的距离。

宝宝玩球

✏️ 做对了别忘填色，得五星哦！

宝宝，把皮球滚给妈妈好吗？

花皮球，圆溜溜，小宝宝，爱滚球！

小提示：妈妈和宝宝玩耍时，可以边玩边念儿歌，以增加游戏气氛。

皮球给爸爸

做对了别忘填色，得五星哦！

宝宝，把皮球滚给爸爸好吗？

花皮球，滚来喽，
小宝宝，抱住球。

同小熊一起玩

✏️ 做对了别忘填色，得五星哦！

宝宝，把皮球滚给小熊好吗？

我也会滚哦！

宝宝去散步

✏️ 做对了别忘填色，得五星哦!

宝宝，跟着妈妈去散步，好吗?

花宝宝好!

宝宝好!
我是小精灵!

小提示: 爸爸妈妈要常带宝宝去户外活动，让宝宝多多接触阳光，多呼吸新鲜空气。同时，爸爸妈妈要用语言与宝宝交流，引导他观察周围环境中的人和物。

小鸟好

做对了别忘填色，得五星哦！

宝宝，看见小鸟了吗？

小鸟好！

小提示：日光中的紫外线可使人体皮肤合成维生素D，预防佝偻病；另外紫外线还有消毒杀菌作用。

小朋友好！

小提示：新鲜空气含有充足的氧气，是身体，特别是大脑不可缺少的物质。宝宝生长发育快，氧的相对消耗量明显大于成人，更需要呼吸新鲜空气。

宝宝自己走

宝宝，向爷爷奶奶问好！

做对了别忘填色，得五星哦！

爷爷、奶奶好！

小提示： 夏季带宝宝外出散步时要在通风阴凉处，冬季时要在向阳背风处。每天至少2小时或更多。持之以恒，宝宝会更健康、更聪明。

苹　果

宝宝，这是什么呀？

做对了别忘填色，得五星哦！

咦，红红的苹果。

62　**小提示:** 妈妈可以教7~12个月大的宝宝指认图画，一幅图上只能有一个主题，颜色要鲜艳，图要大些，让宝宝看得清楚，以加深印象。

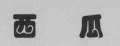

西 瓜

宝宝，这是什么呀？

咦，圆圆的大西瓜。

小提示：图画可贴在墙壁上，可竖着抱宝宝去看，也可拿在手中给他看。

63

香　蕉

做对了别忘填色，得五星哦！

宝宝，这是什么呀？

咦，弯弯的香蕉。

小提示： 给宝宝看的图画要距离宝宝眼睛约20～30厘米，要从小开始注意保护孩子的视力。

做对了别忘填色，得五星哦！

宝宝，这是什么呀？

咦，甜甜的糖果。

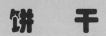

做对了别忘填色，得五星哦！

宝宝，这是什么呀？

咦，香香的饼干！

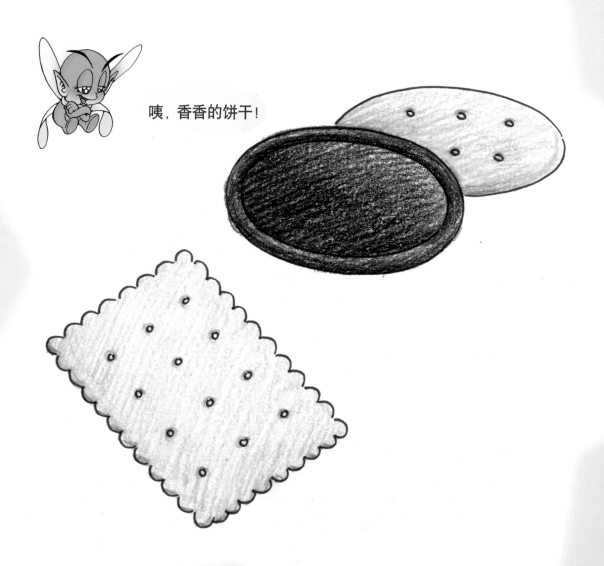

小提示：如果宝宝对看图画已经不感兴趣了，可以立即转移目标，改做其他游戏。

宝宝，笑笑吗?

✏ 做对了别忘填色，得五星哦!

好痒呀!

小提示：从宝宝 6 个月大开始，爸爸、妈妈可以用挠痒痒的方法来逗引宝宝发笑。触觉和运动刺激是最可靠的逗笑方法。

宝宝痒不痒

宝宝，痒不痒呀？

做对了别忘填色，得五星哦！

好痒呀！

小提示：研究资料表明，尽早引逗宝宝欢笑会使宝宝更聪明。

挠痒痒

嘻嘻，宝宝痒不痒呀？

做对了别忘填色，得五星哦！

好痒呀！

小提示：经常快乐大笑的宝宝招人喜爱，容易合群，也是其良好性格的开端。

69

挠爸爸的痒痒

宝宝，你会挠爸爸痒痒吗？

做对了别忘填色，得五星哦!

好痒呀!

　小提示：高智商的宝宝多半有个优秀的父亲，所以，爸爸要努力加油!

做对了别忘填色，得五星哦！

宝宝，这是谁呀？

小狗汪汪！

小提示： 宝宝10～12个月大时，爸爸妈妈可以教宝宝熟悉家里及周围的人和事物，其中包括服装、生活用品、玩具和宠物等。

小 猫

做对了别忘填色，得五星哦！

小猫，喵喵！

72

小提示：宝宝喜欢模仿成人的语言。妈妈可用游戏的方式，让宝宝跟着学。如妈妈学小猫叫，让宝宝也来学一学。

躲 猫 猫

宝宝，妈妈到哪里去了呀？

做对了别忘填色，得五星哦！

玩呀玩，真开心！

小提示：和宝宝用手帕玩"躲猫猫"游戏，宝宝会感到很开心。这个游戏可以训练宝宝短暂的记忆力，也会让孩子有期待感。

 **爸爸在哪里**

 宝宝，爸爸到哪里去了呀？

 做对了别忘填色，得五星哦!

爸爸不见喽!

小提示：躲在窗帘或房门后和宝宝玩"躲猫猫"游戏，能帮助宝宝提高感知能力，以及短时记忆和预测能力。

布娃娃在哪里

宝宝，布娃娃躲到哪里去了？

做对了别忘填色，得五星哦！

布娃娃不见喽。

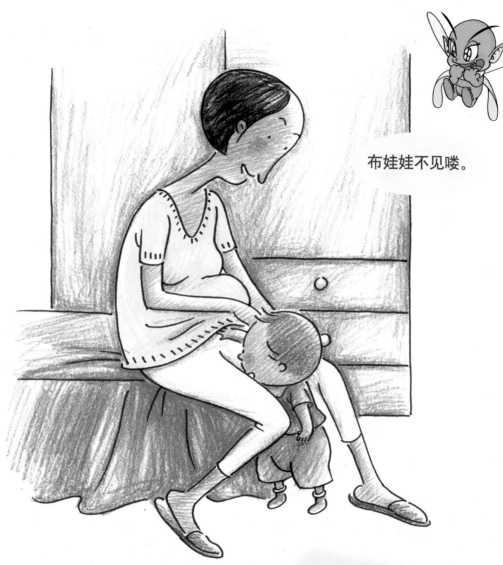

小提示：可先让宝宝玩玩布娃娃，而后妈妈把布娃娃放在自己的衣服下，让宝宝伸手寻找。
"躲猫猫"可以让宝宝懂得离开自己视线以外的东西依然存在，这个被称作"物体永存"的概念是宝宝今后认知能力发展的重要基础。

小闹钟躲起来了

✏️ 做对了别忘填色，得五星哦！

宝宝，小闹钟躲到哪里去了？

小闹钟不见喽！

小提示： 可先让宝宝听听、玩玩小闹钟，而后妈妈把小闹钟放在枕头下，等小闹钟发出声音时让宝宝循声寻找小闹钟，这可培养孩子的探究力。

同妈妈打电话

喂、喂，谁在打电话？

做对了别忘填色，得五星哦！

我也喜欢打电话！

小提示： 10～12个月大的宝宝喜欢听电话。他会学着妈妈的样，把电话贴在耳朵边上"咿咿呀呀"说话。此时可引导宝宝说出"爸爸、妈妈"等音节。

做对了别忘填色，得五星哦!

喂、喂，谁在跟宝宝打电话?

喂、喂，宝宝。

宝宝打电话了。

喂、喂，爸爸。

78

小提示：家长要激发宝宝主动开口，要让宝宝发现，用声音来表达要求，更容易得到家长的理解。于是，他就会不断尝试，越来越喜欢用语言来表达自己的需求。

镜子里有谁

做对了别忘填色，得五星哦！

咦，镜子里有谁呢？

镜子里有宝宝。

小提示：宝宝 7～9 个月大时，常给宝宝照镜子，他会有所反应。

镜子里的妈妈

做对了别忘填色，得五星哦！

 镜子里的妈妈在干什么呀？

咦，镜子里有妈妈。

80 **小提示**：通过对镜子中自己的动作、表情和妈妈的样子做比较，宝宝会逐步明白动作与事物变化之间的关系。

有趣的声音

做对了别忘填色，得五星哦！

拨浪鼓，摇一摇，
咚咚咚，咚咚咚！

小提示：如果给宝宝一个铃铛或拨浪鼓，他也许会摇晃铃铛或拨浪鼓，只为听听发出的声音，同时他会感到很兴奋。

小铃的声音

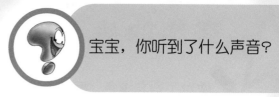

宝宝，你听到了什么声音？

做对了别忘填色，得五星哦！

小铃铛，转一转，
丁零零，丁零零。

82　**小提示**：一般到 13 个月左右，宝宝就能很好地理解，某些行动与某些物体相匹配时会产生
可预测的结果。

玩不倒翁

做对了别忘填色，得五星哦！

不倒翁，真好玩！宝宝，你会玩吗？

我也想玩玩！

小提示： 妈妈给宝宝提供不倒翁或是会动的玩具，可以培养宝宝的预想能力。如果是会发出声音的不倒翁，还可提高宝宝的注意力。

玩大碗小碗

做对了别忘填色，得五星哦！

咦，这只碗怎么放不进去呢？

再试一试！

84

小提示: 7~9个月是宝宝练习双手配合以及手指动作的关键时期，妈妈可以让宝宝学学同时用两只手抓起玩具对着敲，两手之间相互倒换，以及用手指捏起小物件等小动作。此时，妈妈在边上一定要注意宝宝的安全。

取 小 球

做对了别忘填色，得五星哦！

宝宝，把小球给我好吗？

给我！

小提示： 11～12个月大的宝宝可以自如地运用手指。家长可以让宝宝用拇指和食指夹住糖
块大小的物体放入箱子或取出，这样做可以提高宝宝动手游戏的兴趣。

玩 积 木

哗啦啦，积木倒下啦！好听吗？

哇，什么声音？

小提示：1岁的宝宝一般情况下不是在搭积木，而是喜欢听积木的敲击声或者喜欢将搭好的积木弄翻。这时，妈妈不要责怪小宝宝，而是要鼓励宝宝去大胆探索。

86

宝宝和小朋友一起来玩，好吗？

✏ 做对了别忘填色，得五星哦！

我也想来玩！

小提示： 要尽可能为9~12个月大的宝宝创造机会，让宝宝多跟小伙伴一起玩游戏，伙伴们聚集在一块儿的氛围，是我们家长无法替代的。

做对了别忘填色，得五星哦!

宝宝，看看书中画的是什么?

哇，书里
也有一个宝宝。

小提示: 妈妈抱着宝宝看书的时候要尽可能用短句子来讲解，这样宝宝可以很容易地记住。

做对了别忘填色，得五星哦！

宝宝，报纸会发出声音吗？

咦，报纸会发出声音。

小提示: 9～10个月大的宝宝会把报纸攥在手中摇晃,边听着摇晃报纸时发出的声音边玩耍。妈妈可以给宝宝提供干净的报纸玩游戏，并在游戏结束后，及时为宝宝洗手。

撕 撕 报 纸

做对了别忘填色，得五星哦！

宝宝，撕撕报纸开心吗？

嚓嚓、嘶嘶的
声音真好听。

小提示：宝宝为了用双手将报纸撕碎，需要用手指做细微的活动。如果这个动作能够熟练完成，表明孩子能非常轻松地使用手指。

做对了别忘填色，得五星哦！

 宝宝的小手还有什么本领呢？

宝宝会画画啦！

小提示：妈妈可以为10～12个月大的宝宝准备一张大大的白纸，让宝宝随心所欲地画画。
这样可培养宝宝对颜色的感觉，开发宝宝的创造力。

宝宝画的像什么

猜一猜，宝宝画的东西像什么？

做对了别忘填色，得五星哦！

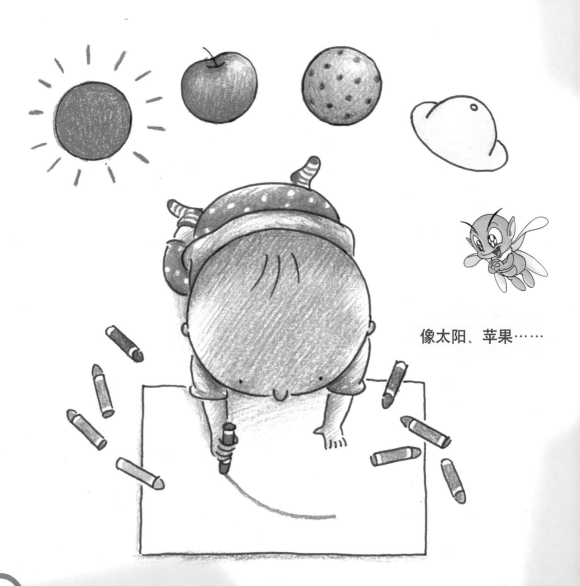

像太阳、苹果……

小提示：妈妈要鼓励宝宝大胆地想象与创造。

宝宝过生日啦，开心吗？

祝宝宝生日快乐！

小提示：爸爸和妈妈为宝宝举行1岁的生日晚会，要短暂而简单，最好是在宝宝吃饱、睡好和高兴的情况下进行。

说 拜 拜

做对了别忘填色，得五星哦!

小精灵要飞走了，宝宝会和他说再见吗?

宝宝，拜拜!

小精灵，拜拜!

94

小提示: 9～10个月大的宝宝会使用肢体语言来打招呼，会开始模仿与表达"再见"等动作。妈妈可以在游戏中让宝宝愉快地学习与他人礼貌地打招呼。